KB253924

창비시선 74

안도현 詩集

모 닥 불

창비

제 3 부

제 4 부

제 1 부

청진 여자

내가 사는 남쪽 나라
쓸쓸한 눈 내리면,
미군 없는 청진항에서
헌 자전거 한 대 빌어 타고
퍼붓는 눈발을 따라가서
어둠을 털어내는 전등을 밝힌 집
백설기 같은 김이 하얗게 서린
유리문 열고 들어서면
갈탄 난로가 뜨거운 집
이름도 버리고 돈도 없이 왔노라고
내가 등 푸른 한 마리 정어리로
당신과 헤엄치고 싶다 말하면
동해 같은 자궁을 열어주는
사랑이라는 말보다 더 아름다운
청진 여자, 그녀와 하룻밤 자고 싶다
봄에 눈이 온다는
물 맑은 청진항 부근에서

꿈의 벌레 같은 눈송이들이
이부자리를 따뜻하게 적시는 밤
아내를 남쪽에 두고
나는 죄짓는 마음도 모르고
헝클어진 머리카락 미역냄새를 맡으면
부끄럼없이 굵어지는 어깨와 팔뚝
한반도의 허리를 꼭 껴안 듯이
더 깊은 신천지 속으로
힘차게 나를 밀어 넣으면
온 바다로 파도 치는
청진 여자, 그녀와 하룻밤 자고 싶다
내가 사는 남쪽 나라
쓸쓸한 눈 내리면,
모든 것을 다 주어야
비로소 하나 되는 날
그 설레이는 첫새벽에
동해 붉은 해 같은 아이를 낳아

넘치는 젖을 물리게 될 청진 여자여,
우리는 간섭받지 않는
부부가 되고 싶다.

웅   포

갈대들이 웅웅 우는 웅포
산맥도 낮게 낮게 물결치며 흐르는 곳
옛날 되놈들 배 갖다 대고 떼로 진을 쳤다는 강기슭
으로
불빛이 하나둘 새끼를 치는 저물녘
빈 그물 찬 발목으로 강에서 돌아오는 사내하고
황복어탕에 소주 한잔 먹고 싶다

금강 하구에서

시도 사랑도 안되는 날에는
친구야 금강 하구에 가보아라
강물이 어떻게 모여 꿈틀대며 흘러왔는지를
푸른 멍이 들도록
제 몸에다 채찍 휘둘러
얼마나 힘겨운 노동과 학습 끝에
스스로 깊어졌는지를
내 쓸쓸한 친구야
금강 하구둑 저녁에 알게 되리
이쪽도 저쪽도 없이
와와 하나로 부둥켜안고
마침내 유장한 사내로 다시 태어나
서해 속으로 발목을 밀어넣는 강물은
반역이 사랑이 되고
힘이 되는 것을
한꺼번에 보여줄 테니까
장항제련소 굴뚝 아래까지 따라온 산줄기를

물결로 어루만져 돌려보내고
허리에 옷자락을 당겨 감으며
성큼 강물은 떠나리라
시도 사랑도 안되는 날에는
친구야 금강 하구에 가보아라
해는 저물어가도 끝없이
영차영차 뒤이어 와 기쁜 바다가 되는 강물을
하루내 갈대로 서서 바라보아도 좋으리

만경강 노을

노을아
피멍진 사랑아

어릴 적 고향집 뒷방 같은 어둠이
들을 건너오는구나
그대 온몸의 출렁거림
껴안아줄 가슴도 없이 나는 왔다만
배고픈 나라
하늘이라도 쥐어뜯으며 살자는구나
내 쓸쓸함 내 머뭇거림 앞에서
그대는 허리띠를 푸는데
서른살이 보이는 강둑에서
나는 얼마나 더 깊어져야 하는 것이냐
서해가 밀려들면
소금기 배인 몸이 쓰려
강물이 우는 저녁에

노을아
내 여인아

군 산 선

힘찬 산맥은 없다
끝이다 싶은 지평선 아래
빨래같이 널려 있는
깨끗한 들판
미루나무 한 그루에 마을이 있다
거기 사람이 산다
적산가옥과 바다를 등지고
군산에서 떠나오며 생각했다
나는 반도의 내륙으로 가고 있는가고
차창에 어리는 서해 물결이여
힘겹게 고무함지를 이고
기차에 오르는 아낙들이 있다
젖은 손 번들거리는 검은 얼굴로
마른 빵을 나누어 먹는
이 거칠은 조선의 어머니들이다
가난의 넉넉함이여
망둥어 피조개 꽃게가 퍼뜨리는

비린내가 왈칵 슬프지만
그래도 살아야 한다는 내 어머니가
옆에 앉아 있다 아버지는 없다
아버지의 붉은 무덤이 있을 뿐
못난 후레자식이 있을 뿐
그렇다 군산선 올라앉아 알 것 같다
우리는 모두 후레자식으로 기차를 타고 가는 것이다
대야역에 멈추었다가 오산 쪽으로 달리면
언뜻 비치는 산줄기
옛날에 이 들판이 바다였을 적에
저 산골짜기는 포구였을까
멸치배가 들 때마다 마음 철썩이며
흥청대곤 했을까 부질없다 과거는
기차는 지치지도 않고 앞으로 달린다
우리는 우리 식대로 사는 거다
저 출렁이는 푸른 벼들과 함께라면
쓰러지면 등 두드려 일으켜 세워주며

들국화 피는 가을까지 가는 거다
보라 가진 것 없어도
누구에게나 평등한 햇빛과 바람이 있다
그것들 여기 노래로 흘러넘치는 한
이 비좁은 완행열차 덜컹이는 창문 안에서
성냥알처럼 어깨를 맞대고 가도 좋다
큰 희망이 없어도
찐 계란 한쪽 소금 찍어 주고받으며
지금 우리에게는 절망도 없다

성   묘

햇볕도 대추나무 끝에 좋은 날
어린 유경이를 데리고
아버지 산소 성묘 갔지요
억새꽃 삼천리로 피어 있고요
방아깨비는 슬픔처럼 툭툭 튀어오르고요
할아버지 만나러 간다는
내 어릴 적 가을 한때 생각하면
아버지 발자국 되밟으며 가만히 듣던
그 벅찬 숨소리 생각하면
오늘 유경이도 따라오며 듣겠구나
생각하면 어느덧 나는
시냇물 데리고 바다로 가는 강물이지요
모든 길이 무덤에 이르러 깊어지지요

1960년대

무슨 잔칫날이었다, 아버지는
냄새 좋은 머릿기름을 바르고 어머니는
술 파는 갈매기옥 색시같이 분칠하고 한복도 차려입
고
나는 단 과자를 먹으며
외가집을 쫄랑쫄랑 따라간 날이 있었다
생각난다, 미루나무가 지키고 섰던 비포장길
힘겹다는 듯 주저앉아 맥 못 추곤 하던 빨간 합승버
스
그때마다 바퀴 밑으로 등짝을 밀어 넣던
하루 종일 차를 모는 운전수가, 나는 되고 싶었는
데,
그날 외가집 마당가에 뒤집어 놓은 솥뚜껑에는
장터같이 지글거리며 돼지기름이 끓고
맛있는 배추전 내를 은근히 맡고 있으면 요놈
불알 얼마나 컸나 보자
하며 옷깃을 잡아당기며 까르락대던 아주머니들,

화끈 달아오른 이마를 식히러 올라간 뒷산은
참꽃이 먼저 와서 온 산을 적시는
봄이었다, 생각이 난다, 그 무진장한 꽃사태를
해마다 볼 수 있겠거니 여긴 것은
내 고추가 아직 덜 여문 탓이었을 것이다
올챙이배가 되도록 무얼 먹다가
사진 박으러 온다는 턱수염이 긴 사진사를
기다리다가 초저녁에 잠이 들었던 나는
북소리 장고소리가 꿈속을 울리는 통에 깨어났는데,
어느새 잔치는 달무리처럼 사위어가고 소년은
겨드랑이가 거뭇거뭇한 슬픈 청년이 되어 있었다
밤새도록 내가 들고 갈 등불이 하나 빛났다

白石 선생의 마을에 가서

백석 선생을 만나러 간다
흰 붕대 같은 산길을 밤새 걸어
나는 무슨 서러운 상처를 지끈지끈 밟는 듯이,
한미연합군과 인민군과 세월 몰래 내리는
눈발 그치기 십분 전에
나는 북방의 새벽 마을 어귀에 도착하였다
그 시절만 해도 거칠 것이 없었다, 40년대에
설혹 내가 사람이 아니었다면
한 마리 노루가 되어 훌쩍 산맥을 넘었을 것이다
등잔불 흐린 빛이 새는 장독대 뒤에서, 놋요강 놓인
툇마루 아래에서
느릅나무 잎을 잘게 씹으며
그이의 사람냄새를 그리워하기도 했을 것이다
살아 있다면, 일흔아홉의 노인
시간이 빨리 썩어 흐르는 남쪽에서는 다들
선생은 죽었거나 폐인이 되었을 거라고,
이 마을에 아름드리 생나무가 자라는 숲이며

아낙네의 찰랑이는 물동이 속에서 해가 떠오르는 광
경이며
학교에서는 배우지 않았기 때문이다
나는 삽을 들고 나와 눈길을 열어주는
굴뚝새 같은 까만 소년을 따라갔는데
목이 길고, 머리를 뒤로 넘겨 빗은, 콧수염의 한 사
내가
거기 살고 있었다
단풍숲처럼 얼굴이, 귀도 붉은 아내와
공장으로 가려고 거울 앞에서 옷매무새를 만지는 아
이들과
손때로 윤이 나는 나무책상 하나와
늙지 않은 그 사내는 있었다, 백석 선생이었다
서울서 나온 『白石詩全集』을 먼저 보였더니
먼 옛날이 신천지였다고
처마 끝 고드름이 평안도 사투리로
뚝뚝 떨어지고 있었다

선생은 광화문이며 종로 골목을 함께 걷고 싶다 했
지만
나의 80년대는 꿈이 아니었다, 죽도록 갚을 빚이었
다
그래서 날은 금세 어두워지고 무진장 폭설이 쏟아져
하산길을 막는가보다
모밀국수나 한 사발 말아 먹고 천천히 떠나라기에
나는 쩔쩔 끓는 아랫목으로
이불 속으로 못 이긴 척 엉덩이를 디밀었는데
여기서 한 백년쯤 잠들었다 일어나면
맑고 뜨거운 사랑을 노래하는 시인으로 태어날 것
같았다

벽시 3

총이여
대포여
미사일이여
분단 40년 겁없이 커졌구나
갈보 구멍들이여 헛짓이구나
네 구멍 속으로 다시는
눈 맑은 조선 사내 불러들이지 말라
이 하늘 이 산하 빨아들이지 말라
압록 두만 강 건너 태평양 너머
물러가라 물러가라
처녀들이 운다 들창에 귀를 달고
의주에서 마산에서 새 신랑 기다리며
밤새껏 운다 우리나라
안된다고, 총밥은
안된다고, 대포밥은
안된다고, 흑흑, 미사일밥은

벽 시 4

벽에다 슬픔을 쓰지 말아요
어두운 벽에 막힌 벽에 기대어
하늘 보이지 않는다고 울지 말아요
벗들이여
동네 썩은 벽에
학교 낡은 벽에
공장 마른 벽에
우리 하나씩 깃발을 그려봐요
깃발이 살아 펄럭여
바람을 흔들고
우리를 흔들어줄 때까지
슬픈 벽이 하늘이 될 때까지
벗들이여

벽시 5

우리나라 모닥불 근처에는
사람이 있다

살아서
모여 있다
등짝은 외롭고 캄캄해도
그 가슴이 화끈거리는

벽시 6

여기서부터
내 무덤까지

길이 나 있습니다

코피 터지지 않고는
내 못 갈 길입니다

똥   차

두어 달에 한번씩 학교에
똥차가 온다
햇볕이 변소 지붕에 골고루 널린 날을 택해
부릉부릉 운동장을 힘차게 질러온다
개도 안 먹는다는 선생 똥을
교과서나 공책 찢어 쓰윽 닦은 아이들 똥을
빨대로 콜라 빨 듯 시원히 바닥낸다
수업시간에도 냄새가 교실을 적시지만
우리 어디 제 코만 싸잡을 일이다냐
비우면서 그리하여 가득 채우는 일
대명천지에 똥차는 와서
진정 참다운 일
가르쳐주고 간다

하수도는 흐른다

그대들이 퍼먹고 놀다 잠든 한밤에도 하수도는 흐른다

꼬르륵거리는 배를 잡고 하수도는 흐른다

씨벌씨벌하며 기어이 하수도는 흐른다

이 악물고 눈물 머금고 닦지도 않고 하수도는 흐른다

똥오줌물 데리고 하수도는 흐른다

고관의 저택에도 하수도는 흐른다

아파트 층과 층 사이로도 하수도는 흐른다

옛 동무는 멀리 갔어도 하수도는 흐른다

손에 손을 잡고 하수도는 흐른다

땅밑에도 길이 있다고 하수도는 흐른다

사랑은 낮은 곳에 있다는 듯이 하수도는 흐른다

이 썩은 세상을 뒤집어쓰고 하수도는 흐른다

흐르다가 숨이 막히면 거꾸로 하수도는 흐른다

그대들의 주방으로 침실로 하수도는 흐른다

농민과 군인

군인도 원래 농민의 아들이었다
학교 갈 때 넣어 가던 도시락 열어보면
꽁보리밥
고추장
멸치 몇 마리, 대가리도 굵었다
그의 아버지 지게 지고 들일 나갈 때
허리춤에 책보 묶어 열심히 뛰어가던
가난한 집 즐거운 소년이었다
공부를 마치면 군인이 되겠다, 나는
조국을 지키는 자랑스러운 육군 장교
그의 아버지 봄이 와서 볍씨 뿌릴 때
아들은 연병장에서 규율 복종 엄격
각개전투와 총검술을 배웠다
어깨 위엔 빛나는 계급장, 가슴에는 국가
아무것도 부러운 것이 없었다
그의 아버지 논에서 모를 심을 때
아들은 사병들에게 푸른 군인정신을 심었다

아버지는 여전히 농민으로 사는데
아들은 어느새 애국자가 되었다
좋은 때가 오면 옷을 벗겠습니다, 아버지
얘야, 군인은 단정하게 군복을 입어야지
이 세상 농사 쉬운 일 아니란다
그 얼마 후
아버지의 마을에 신작로가 생기고
아버지는 논둑에 앉아 담배를 태우며
아들을 생각한다, 저 벼 좀 보아라
저 흐트러짐 하나 없는 깨끗한 질서를
아버지는 가을이 오면 추수를 하겠지만
아들은 넥타이를 매고 불편하다
농민이 낫으로 풀을 베는 동안
군인은 총으로 전쟁과 학살에 참가하였으므로
그게 진정 죽음을 무릅쓴 일이었다지만

수   박

낡은 슬레트 지붕 너머
해는 뒤뚱 기울고
일 나갔던 개똥이네 검은 아버지는
휘영청 수박 한 덩이를 사들고 돌아오시었다
막노동으로 뜨거워진 아버지 같은 수박을
개똥이가 자지 달랑거리며 목욕하던 고무다라이에
둥둥 띄워놓고
찬물에 한술 뚝딱 식은 저녁밥 말아 먹고
돌아서서 질탕스레 트림 한번 하고 나서
어머니는 내일 먹자 하시지만 개똥이는 수박을
입에 넣으면 시원하고 달콤한 것을
씨앗을 골라 뱉지 않아도 똥을 누면 그냥 쏙 빠져나
오는 것을
자꾸 먹고 싶어 통통거리는 것이었다
먹고 없으면 또 사먹지 하시는 아버지는
선풍기 틀어둔 채 어느새 잠이 들고
귀가 찌그러진 쟁반 위에 부엌칼 옆에 식구들 사이에

그놈은 떡개구리같이 와서

개똥이네 둥글디둥근 목숨들도 은근히 둘러앉아 기
다리는데

마침내 수박은 쩍

벌겋게 부끄럼도 없이 갈라져 속살을 내보이는데

보름달을 반달로 반달을 그믐달로 그믐달을

까만 씨앗 같은 어둠으로

할머니는 우물우물 어머니는 가만가만 누나는 조금
조금

개똥이는 와그작와그작 먹기 시작하였다

턱에 붉은 물이 흐르도록 배꼽이 없어지도록 먹고

마지막 머뭇거리는 한 조각까지 먹고

꿈같이 잠자리에 누운 개똥이는

어느 때인가 사타구니 휘감는 오줌발소리를 들으며

누군가 흔들어 깨우는데 두 눈을 꽉 감고 있었다

기차 소리

기차는 흐린 눈발
속에서 운다
달려가야 할 길들이 벅차다는 듯이
기차 소리여 하루에도 수없이 선생질 때려치우고 싶
은
나는 자꾸 뒤로 간다 기차 소리여
그대는 먼 데서 무슨 슬픈 말을 걸어오는데
내가 가르친 코밑이 거뭇거뭇한 아이들이 옥상에서
뿌리는 전단처럼
눈은 내리는데
기차 소리여 이 겨울은 끝없이 덜커덩, 덜커덩거리
고
해를 더해 가르칠수록 나는 점점
1·4후퇴 하는 기차 소리가 되는구나
그 언젠가 잔등에 눈송이를 받으며
가락국수 국물을 서서 훌훌 마시고 있을 때 기차 소
리여

어서 가자고,
역사는 발전한다고,
뜨거운 입김으로 나를 부르던 기차 소리여
그대가 힘차게 레일을 타고 가듯
내 지금 발 딛고 선 교단이 세계의 중심임을
또 못된 놈의 얼어붙은 세상을 꾸짖으며 가는구나
이 겨울 가고 봄이 와서
길도 묶인 허리를 풀면
그대는 고철이 되어 내려앉을 때까지
소리가 난다
머나먼 대륙을 쿵쿵 울린다

똥　개

똥개가 되고 싶어 봄날에는
콧구멍을 벌름거리며
따뜻한 똥을 찾아
동네방네 쏘다니다가
복숭아같이 엉덩이 굵은 암캐 만나면
그녀와 함께 쿵쿵대며
오랑캐꽃 들길 따라 걷고 싶어
모락모락 김이 나는 혀끝에 침이 도는
똥을 찾아 어슬렁거리다가
물어뜯고 싶어 손이 하얀
가슴에 똥이 가득 찬 어느 놈이
냄새난다고 똥 치운다고 법석떤다면
그놈 손목부터 물어뜯고 싶어
부르르 치떨며 팽개치며
우리들 귀한 밥을 지키고 나면
그녀가 아지랭이처럼 꼬리 흐드는 것을
보고 싶어 봄날에는
똥개가 되고 싶어

비 그친 뒤

담장 밑 텃밭 상추 푸른 냄새가
3층 교실까지 올라온다
딱정벌레같이 엎드려 사는 슬라브지붕집 빨랫줄에
누군가 눈부시게 기저귀를 내다 넌다
저 아기도 자라면 가방 들고 딸랑딸랑 이리로 걸어
올 것이다

산 당 화

산당화야
산당화야
교장선생님한테 불려가 혼나고, 너도
숙직실 처마 밑에 나와 섰구나
할 일이 많아서
그리 많은 꽃송이를 달고
몸살난 듯 꽃잎들이
뜨겁도록 붉구나

지평선 너머

힘겨워도 기어이 기어이 굴뚝이 저녁 연기를 밀어올
리는
지평선 너머

먼 개 짖는 소리
컹컹 들판을 건너오는 것은
아침에는 어김없이 일어나 개밥 말아줄 사람이
지평선 너머 있다는 말이구나
그 마을로 별똥별이 여럿 뛰어내리다 숨는 밤

노 을

내 자전거 퇴근길 돌멩이 길

김제 만경 들판 끝에

노을이 모여 있네

서햇가 사람들도 분명히 쳐다볼 노을이

뜨겁게 끓으며, 그 사상이 세상에 넘칠 듯

왼쪽 오른쪽도 없이 온통

노을은 아, 나를 내려다보고 있었네

나에게 그동안 무얼 했냐고

나는 20년 후의 조국을 가르치는 사람이라고

그러나 어찌 이 더러운 입을 열 수가 있나

추억을 물으면 철새 같은 이사

출생지는 낙동강

그 몇 해 남한강, 금호강 물맛에 길들여지는가 했더

니

오늘은 전라도라 만경강가에서

갈가리 찢어져 저녁밥 먹으러 가는
죄 많은 교사가 되어
남편이 되어

노을이여
나도 한때는 생각했었네
내 어릴 적 우리집
가난했지만, 더없이 따뜻한 밥상 같은 노을이여
우리 형제들이 밟고 다닌 여러 갈래 길
아버지가 하나하나 불러 모아
귓등에 물소리 매달리는 들길로 돌아올 때
아버지 등 뒤에서 새떼와 들꽃들 잠재워주고
역사의 시간표를 내일로
거뜬히 넘겨주던 아름다운 노을을 보았었네
가진 것 없어도 모여 살 수 있다면
같이 살 부비벼 잠들 지붕이 있다면
우리도 노을이 되겠거니 생각했었네

그 나라와는 너무나 멀리 떨어진 길에서
자전거를 타고 가면
노을은, 우리의 가장 처참한 싸움터
나는 핸들을 바로 잡아야 하네
이 고장 어머니들이 피 흘리며 낳은 아이들에게는
내가 저 끝없는 노을로 모여 넘치며
들녘에서 이름을 불러주어야 하네

가을 햇볕

가을 햇볕 한마당 고추 말리는 마을 지나가면
가슴이 뛴다
아가야
저렇듯 맵게 살아야 한다
호호 눈물 빠지며 밥 비벼먹는
고추장도 되고
그럴 때 속을 달래는 찬물의 빛나는
사랑도 되고

여름 방학

오이밭 지나 옥수숫대 사이
두 노인네 사는 외가집이 있습니다
어릴 적 아버지 따라 짐자전거 타고 온 날은
끓는 물에 어김없이 닭을 삶던 집
감꽃이 떨어지면 감꽃을 주워 먹던 집
오늘은 마당가에 풀 뽑던 외할머니보다 먼저
외할머니 눈물이 그렁그렁 마중나옵니다
아이구 내 새끼 오네
남조선 천지에서 시 제일 잘 짓는 새끼
그러나 얼마나 떨리는 일인지, 끝없이 쓸쓸한 줄을
외손자가 쓴다는 시가 무엇 하나 적시지 못하는
가엾은 냇물이라는 걸 모르시고
내 솔담배 한 개비 외할머니 드리고
외할머니 청자 한 개비 내가 받아
불붙여 맞담배 피우는 것이 우리 첫인사입니다
외할아버진 못둑 밑 논에 피사리하러 가시고
닭 없는 닭장 옆에서 늙으신 외할머니

어제는 재 너머 고추밭 매러 갔더니
소짝새가 소짝소짝 그렇게 울어대더라
우리 안서방 일찍도 북망산 가서
남겨둔 처자식 보고 싶어서
저리 소짝새 되어 우는갑다 생각하니
외할머니 맑던 하늘이 또 눈물입니다
외할머니는 우리 어머니 낳아 시집보내고
어머니는 나를 낳아 장가보냈지만
그 모든 세월이 그렇습니다 눈물이었습니다
해방 전 일본땅에서 황국군 옷 짓던 일도
해방이라고 돌아온 나라에서의 농사도
삶도 여지껏 눈물이었습니다
변한 세상은 아무것도 변한 게 없습니다
국민학교 때 와서 묻어두었던 포도나무가
내 딸아이 같은 열매를 가득 달고 저리 푸른데
저는 청포를 입지 않았습니다 외할머니
소매 없는 흰 남방이 부끄러운 선생이 되었습니다

20년 전과 마찬가지로 등에 풀 짐을

한짐 가득 지고 대문을 들어서는 외할아버지

그 산봉우리 같은 지게 나는 받아 지지 못하고

누구를 키우며 또 무엇을 가르친다 할 수 없습니다

그림책에 원두막과 수박을 그리던 아이가

애비 잃고 애비가 되어 찾아왔다고

하늘에 밭갈이하듯 연기를 뿜어올리는 외가집 굴뚝
은

알고 보면 한평생 방학도 없이 살았습니다

연탄 냄새

싸락눈 흩뿌리는 날
퇴근길
언 코끝으로, 살속으로
파고드는 가족이여
최저생계비여

모 닥 불

모닥불은 피어오른다
어두운 청과시장 귀퉁이에서
지하도 공사장 입구에서
잡것들이 몸 푼 세상 쓰레기장에서
철야농성한 여공들 가슴 속에서
첫차를 기다리는 면사무소 앞에서
가난한 양말에 구멍난 아이 앞에서
비탈진 역사의 텃밭 가에서
사람들이 착하게 살아 있는 곳에서
모여 있는 곳에서
모닥불은 피어오른다
얼음장이 강물 위에 눕는 섣달에
낮도 밤도 아닌 푸른 새벽에
동트기 십분 전에
쌀밥에 더운 국 말아 먹기 전에
무장 독립군들 출정가 부르기 전에
압록강 건너기 전에

배 부른 그들 잠들어 있는 시간에
쓸데없는 책들이 다 쌓인 다음에
모닥불은 피어오른다
언 땅바닥에 신선한 충격을 주는
훅훅 입김을 하늘에 불어넣는
죽음도 그리하여 삶으로 돌이키는
삶을 희망으로 전진시키는
그날까지 끝까지 울음을 참아내는
모닥불은 피어오른다
한 그루 향나무 같다

논

모 심고 와서 발 씻고
저녁밥 기다리는 동안
오래오래 바라보는 가슴 가득
깨끗한 논
멸구떼가 덮을 논
가뭄이 말라붙을 논
누가 뭐라 해도
혁명 가을의 그날까지
넘치지 않을 넘치지 않을
논

제 3 부

봄 편지

점심 시간 후 5교시는 선생 하기 싫을 때가 있습니
다 숙직실이나 양호실에 누워 끝도 없이 잠들고 싶은
마음일 때, 아이들이 누굽니까, 어린 조국입니다 참꽃
같이 맑은 잇몸으로 기다리는 우리 아이들이 철 덜 든
나를 꽃피웁니다

2 월

진눈깨비 속에서 졸업식이다

붉고 큰 꽃다발 가슴으로 슬프고 기쁜 기념사진을
찍는다

식구들과 한판 벗들과도 한판 그리고 독사진도 한판

발등에서 머리끝까지 밀가루 하얗게 뒤집어쓰고

눈발처럼 키득거리는 놈도 있다 평소에 밥먹듯이 매
맞던 녀석이다

그래도 장차 시대구분할 임자는

이 흥청대는 아이들 중에 있다

내 눈에는 이 튼튼한 장정들의 아침의 나라가 보인
다

그   곳

나는 그곳으로 갑니다
출석부와 국정교과서 겨드랑이에 끼고
4년째 갑니다
어린 물고기들이 헤엄치는 연못입니다 그곳은
제복의 군인과 경찰은 들어갈 수 없고
그래서 내가 어깨를 움츠리고 있어도
오직 당당하게 보입니다
해방 후 많은 이들이 앉아 있다가
떠나가곤 하였습니다 하나씩의 책상과
하나씩의 의자에서 도시락을 먹다가
법관도 공장노동자도 상인도 의사도 됩니다
김치 쉰내가 왁자그르 찰랑거리는 오후에
나는 그곳으로 갑니다
내가 가면 아이들은 먼지처럼
무릎을 굽히면서 가라앉습니다
순종에 아주 길들여졌다는 뜻이겠지요
해서 언젠가 들려줄 고백이 있습니다

나는 지식을 판매하는 점원이
아니야 포장지도 없이 장사를 하는
사람이 아니야 그렇다면 사람도 아니지
그곳에서 차락차락 매맞는 소리 들으며
눈두덩에 더러 포도물을 들이면서
아이들은 쑥쑥 키가 자란답니다
내 발자국소리 하나하나
그곳에서는 가르침이 된다 생각하니
여간 즐겁고 두려운 게 아닙니다
시글버글 조국의 아침이 그곳에 있다기에
오늘도 나는 그곳으로 갑니다

이리중학교

어느 때묻지 않은 손이 닦아놓았나
유리창을 열면

군산선 화물열차가
바다에서 돌아오는 곳
운동장 앞으로는 목포 여수 서울로
호남선과 전라선이 달리는 곳
짓궂은 아이들이 그래서 기차길 옆 오막살이라 부르
기도 하는
이리중학교, 꼭두새벽 도시락 싸서
나는 낡은 외투를 입고 출근하고
아이들은 무거운 가방을 데리고 등교한다

우리나라 모든 학교가 그러하듯이
월요일 아침이면 애국조회가 열리고
펄럭이는 태극기 아래
아무것도 모르는 가슴에 손을 대는

일제 치하 어린 학동 교장선생님이 그러하였듯이
분단 나라 젊은 국군 담임선생님이 그러하였듯이
측백나무처럼 오와 열을 맞추고
조국과 민족의 무궁한 영광을 위하여
코끝이 맵고 발이 시린 겨울

이리중학교에서
누가 나를 선생님이라고 부르나
일주일에 스물네 시간 국정 국어교과서를 가르치는
한 달에 스무 시간 보충수업을 하는
조회 종례 때마다 지시사항을 전달하는
수업료 보훈성금 방위성금 불우이웃돕기성금
극기훈련비 수학여행비 졸업앨범비
날이면날마다 독촉을 하는
명찰 배지 실내화 두발검사를 하는
성적이 떨어지면 매를 들고 때리는
나를 아이들은 선생님, 하고 부른다

나는 분필밥 겨우 2년 먹었는데
나는 봉급날을 기다리는 가난한 월급쟁이인데
나는 넥타이도 제대로 맬 줄 모르는데
나는 배고픈 아이 라면 한번 못 사주었는데

이 유리창을 닦으며
모르는 사이에 하늘을 닦던 아이들 중에
먼 바다에 배 타고 고기 잡으러 간 아이는,
소작 얻은 황토밭에서 배추 뽑고 있는 아이는,
이리역 화약폭발 사고 때 하늘로 떠난 아이는,
그때 살아 남아 교문 앞을 손수레 끌고 바삐 지나는
아이는,
대학생이 되었다가 감옥에 간 아이는,
귀금속공장에서 하얗게 밤새는 재작년의 아이는,
추억의 동창회가 열려도 돌아올 줄 모르고

그 옛날 총각선생님 머리 위에는
눈이 내렸다
그 옛날에 졸업한 아이가 출세하는 동안
해진 출석부 끼고 계단을 오르내리면서
버드나무들이 톡톡 손가락 꺾는 소리를 들으면서
그러면 봄은 또 멀지 않으리라 믿으면서

그날 평교사를 위한 시를 쓰고 싶었다
겉보리라 불리던 김경회 수학선생님이
책상 속을 정리하고
40여년 교직생활을 그 서랍을 닫고
홀로 뒷모습을 보여주며 떠나시던 날
나는 숙직실 수돗가에서 얼굴을 씻고
까닭없이 새어나오려는 울음을 참았다

이리중학교야
나도 저 무명의 찬란한 길을 가리라

점심시간이면 김치 냄새가 우리를 적시는 교실에서,
손목과 발목이 굵어지는 운동장에서,
추운 아침에 서로 뿜어주는 입김 속에서,
모이면 횃불이 될 아이들의 수많은 눈빛 속에서,
이 뜨거운 조국의 한복판에서,
이리중학교에서

월급 날

서무실 가서 도장 찍고 봉투 받는 날
다달이 내 죄는 깊어간다
나는 어디까지 왔나
나는 어디까지 왔나

평 교 사

평교사는

2세교육의 최일선에 서서

사명감과 보람으로 사는

말 한마디 몸짓 하나하나

아동의 귀감이 되어야 하는

자질을 갖춘 전문인

문화의 전달자

평교사는

쾌활하고 명랑한 성격으로

옳은 인생관으로

바른 세계관으로

고상한 품성으로

돈도 명예도 모르는

존경 받는 권위자

만인의 거울

국민의 사표

평교사는

성스러운 직업

오직 제자를 키우는 꿈

인간을 만드는

사랑의 매를 든

아이들의 하느님 같은

나는 짜장면을 시켜 먹고

양파 단무지도 먹고

우우우 분노처럼

담배 연기를 내뿜었다

보충수업

교실에 열무김치 같은 아이들 많다
소금에 잘 절여졌다
오후부터 내리는 비 그치지 않고 오늘은
국기 강하식도 허벅지 탄탄한 농구부 학생들도
운동장에 없다 어둠이 오고 있을 뿐
나는 45분 더 서 있으면
오천원 더 벌고 한달에 스무 시간 십만원이면
아무렴 적은 돈이 아니다 아우들은 야근해도 그만큼
안 준다는데
교사의 일은 미래의 것이라지만 나는 당장
책을 덮고 아내와 어린 딸에게 가고 싶다
칠판 가득 뚝뚝 잘 부러지는 분필로 모국어를 채워
두고
3층 창가에 일찍 시든 한 송이 꽃으로 서서
도대체 나는 여기서 무엇을 하고 있는가
비 젖은 학교 마을을 내려다본다 그때 보았다
온몸에 빗물을 뒤집어쓰고 웅크리고 있는 저 정든

지붕들이

　아 우리 아이들 같구나 어쩌면 저렇게 우리 아이들
같구나

　투정도 없이 흐린 나라 하늘을 다 떠받치고 있구나

　그리운 꿈틀거림 몇몇은 허리를 뒤틀고

　소리지르지 않으면 저 지붕이 된다 내일 해 안 뜬다

　가방이 허리를 감는 아이들 곁을 지나며 나는

　졸음에 겨운 창문이 달그락대는 소리 엿듣는다

　교장선생님이다 막대기로 벽을 탁탁 치며 순시중이
다

　누가 내 머리를 치는가 지나갔다

　내 시계는 아이들 시계와 마찬가지로 아직도

　이십 분 이상 남았는데 교문 쪽에 우산 두어 개 어
른거리고

　우리들 중에 누가 저 어머니의 아들일까

　애들아 나도 내 따뜻한 둥지로 날아가고 싶어야

급   훈

내일은 학급 환경미화 심사하는 날
벽 먼지를 떨어내고 커튼도 빨아 달고
곰보가 된 책상 위에는 장판도 깔아놓고
태극기 모신 액자도 깨끗이 닦고
그 옆에 걸린 급훈도 새로 바꿔야겠는데
좋은 문구 가슴에 오래 새겨둘 말 없을까
망설이다 붓글씨 잘 쓰는 김선생님께
민주주의.
이렇게 넉 자만 써 주시라고 부탁했더니
그거 참 교무실이 목련꽃 벙글 듯 다 4월인데
아는지 모르는지 우리 반 까불이들은
백성 민자 주인 주자 배웠다면서
우리가 이 교실의 주인이다 소란을 떠는구나
그렇구나 선생도 학생도 좋아하는 말
말만 들어도 절로 신명나는 민주주의
우리는 이 민주주의 왜 한번 못해봤나
새록새록 꽃피는 역사 누가 뭉개버렸나

공부하다가 더러 싫증이 나면
교과서도 헌법도 깡그리 잊어버리고
저기 흐르는 강을 보아 저 스스로 솟는 산을 보아
팔팔넌엔 바다 건너 사람들도 꽤 온다는데
우리 민주주의 유리창 닦아놓지 못하면
개판이다 그들이 먼저 욕하겠구나
세상 잡놈 손가락질 다 받겠구나

청   소

플라타너스 잎이 지면
플라타너스 아래 청소구역 아이들 이마 땀나네
새 길 여는 빗질이야
콧등도 빛나네
어느 날은 주먹싸움 끝에 코피 흘린 곳
그리하여 팔뚝은 굵어졌다네
쓸어논 저 보름달 같은 마당 지나가기엔
내 몸에 때가 너무 올랐네

어린 조국

닳은 나무 교단 위에 서서
너는 흰 종아리 걷어붙이고 매를 맞고
나는 대나무 회초리로 너를 때린다
친구들에게 돈 빌어 가랑잎같이 날리고
집에도 안 들어간 놈
사흘이나 죽 먹듯이 결석한 놈
붉은 피멍이 박히도록 너를 때린다
창밖에 가을은 와서
우리 반 유리창을 다 들여다보고 있는데
급기야 울음을 터뜨리는 못난 놈
알고나 있을까, 갓난아이부터 이 빠진 할머니까지
등에 진 100만원씩 빚이 있다는
대한민국
너는 아, 대한민국이었다
나는 어린 조국을 때리고 있었다
피멍이 새 살로 살아날 때까지
나의 매는 멈출 수 없구나

교실에서

아버지에 대하여 말해보라 했는데 아이들이 운다
중학교 1학년 국어 말하기 시험 시간
약도 한 첩 못 써보고 돌아가신 아버지
내가 똥을 퍼도 공부시킨다 너는 큰물 가서 놀아야
지
늦가을 미루나무 같은 뒷모습
보고 있을까 혼자 남은 어머니가 싸준 도시락이여
나는 왜 선생이 되어 이 착한 아이들을
울리고 있을까 용서받지 못할 일이여 내가 울고 있
을까
가난은 부끄러움도 죄도 아니다 말도 못하고
농사꾼 아버지 막노동 아버지 다리 다친 아버지 먼
사우디 떠난 아버지
또 있다 이 세상에서 아예 한번도 보지 못한 아버지
아버지는 왜 아들에게 눈물로 올까
나라와 역사의 색칠할 수 없는 일들이
한국의 노오란 교실에 가득하다 축소된 사진처럼

나도 빈한한 농민의 아들 나도 스포츠형 머리로 엎
드려 운다
국어 시간이여 마침내 눈물바다여 열세 살들이여
설움없이 건너는 세상이 있다면 우리나라 아니다

빈 교실에서

저놈의 검은 폭격기
기러기도 아닌 것이, 슬픔도 모르는 것이
감히 그림자를 운동장에 떨어뜨리고 가는구나
공습경보가 울리면
미처 대피하지 못한 학생들이 있나 없나
나는 빈 교실을 둘러보아야 한다
책상들은 이빨처럼 가지런히 놓여 있는데
전쟁이 나면

향토예비군 나는 총을 받고
방공호 속으로 기어들고
엊그제 제대한 아우는 다시 전방으로 가고
아내가 식량 구하러 간 사이
딸아이 혼자 악을 쓰며 울 것이다
전쟁이 나면 민방위대 아버지들은
마을회관 앞에 모여 웅성거리고
어머니들은 피의 옛 우물을 떠올릴 것이다

수업하다가 전쟁이 나면
학도호국단에 편성되지 않은 중학생들
저렇듯 담벼락에 다닥다닥 붙어
벌떼가 되어 윙윙거릴 텐데
어느덧 장터 같은 확성기 소리 뚝 끊어지고
하늘보다 깃발이 먼저 땅으로 내려오면
아아, 전쟁이 끝나면

나는 여기서 떠나야 한다
빈 교실로 밀물 되어 해방이다, 해방이다
우리 아이들 발자국 소리가 밀려오는 것이다
쓰다 만 공책을 채우기 위하여
어린 주인들이 찾아오는 것이다
아무도 저 물결 막지 못하겠구나

그   날

내 팔과 어깨에 마구
아이들이 주렁주렁 매달리고 있었다
나는 푸른 과일나무가 되어
운동장에서 한참을 그대로 서 있었다
저만치 흰 신발을 신은 아이들이 한무리
부르고 싶은 노래를 입 모아 부르고 있었다
목련꽃이 뛰어노는
아침 자율학습 시간이었다
담장 밑 쓰레기장에서 피는 불꽃은
지난 겨울 바람과 먼지를 불러
어디로 다 데려가고 있었다
서류철이 쌓여 있던 교무실 내 책상 위에는
고은과 김지하의 시가 실린 국어 교과서가
햇빛 속에 빛나고 있었다
교직원회의가 시작되었는데
지시사항은 없었다
아무도 불성실하지 않았으며

모두 진지하였고
명령이 없어 명령불복종도 생기지 않았다
교실로 가는 선생님들의 신발 소리가
맑게 울리고 있었다
나는 희끗희끗한 머리카락을 쓸어넘기며
서른 명 남짓 눈동자들을 들여다보고 있었다
아이들은 때리지 않아도
좋은 열매로 익어가고 있었다
퇴근길 내 평교사 40년이
가슴에 젖어와서 선술집에 들렀더니
노조활동하는 젊은 교사들이 모여
토론에 열을 올리고 있었다
옛날 학교 이야기 좀 해 달라기에
못 들은 척하고 내가 한잔 사겠다고 했다

운동장에서

교실에 고여 있던 아이들이 쏟아져 나온다
아이들이 서로 어깨를 부딪치며 살아서 온다
살아 돌아온다 아이들이
콸콸 물꼬 터진 아이들이 운동장으로
햇볕도 벅차게 좋은 날
어느새 지느러미와 꼬리를 꺼내 달고
헤엄치며 물고기가 된 아이들이
강물이 펄떡펄떡 숨쉬는 소리 들으며
나는 가슴이 뛴다
죄 많은 수업 시간 생각난다
저 아름다운 폭도들 누구에게 보여주고 싶다
떼지어 몰려와 내 몸에도 반짝이는 비늘을 입혀주고
같이 헤엄치자고
먼 바다에도 한번 데려가 달라고
이 세상에 해방이 어디 따로 없음을 알겠다
너희 달음박질 너희 곤두박질 너희 몸부림이
엉키고 뒹굴고 때려주고 매맞는
그리하여 끝까지 싱싱한 해방임을 알겠다

제 4 부

참　　꽃

저기

오는 봄

역적같이 오는 우리 봄을 보아라

얼음 겹겹 근심 쌓인 어깨를 벗고

기를 쓰고 능선을 넘어오는

참꽃 보아라

긴 싸움 끝에

그 쓰린 상처 위에

그리하여 눈물짓듯 덥썩 가슴에 와 안길 듯

차랑차랑 돋아나는 우리 사랑 보아라

설움도 눈이 부셔

나는 노래로도 이 봄을 다 채울 수 없는데

저 맵디매운 조선 처녀 보아라

돌이킬 수 없는 꽃

지쳐 돌아온 오늘밤 그대에게

찬란히 몸 열어 넋까지

끝내 바치고야 말 꽃

참꽃을 보아라

놀 이 터

놀이터에 가면
조국이여
하늘에서 미끄럼틀 타고 오는
그네로 산하를 오르내리는
어린 내일이여
여자 동무여
남자 동무여
너희가 새 나라다
놀이터는
나의 교실이다
모래판에 넘어진
쓰린 생채기여
맑은 피의
조국이여

낫

이른 새벽 풀밭을 헤치고 나갈 때 나는 빛난다
흰옷 입은 사내들 옆에서
세상 모르고 일하고 있을 때
그리고는 서늘히 귓볼이 젖어올 때

조선낫
나는 추수 다 끝내고 억새꽃 산길로 성묘 가는 날
새끼줄로 온몸 칭칭 옷 해 입고 두루마기 자락을 따
라가기도 하던
꿈틀거리는 능선을 닮았다는 낫
풀잎 속에 엎드리면
땅이 숨쉬는 소리도 듣고

시렁에 걸렸다가 볏짚가리에 꽂혔다가
대륙에서 눈보라 겨울이 오면
마당귀에 두엄더미 뜨겁게 속이 썩어 쿨럭쿨럭 기침
하는 소리

나는 혼자 엿듣다가

생고구마를 하얗게 깎아 먹는 밤
사방천지에서 노한 눈발처럼 모여들어
숫돌도 하나 없이 저절로 번뜩이는 푸른 날을 세우
고
찬 이슬 대신 핏방울을 먹는 조선낫이 되어 살다 죽
었다는
갑오년 할아버지들 옛이야기에 몸을 떠는 밤

이 고장 사내들 말없는 주먹이 울 때
문자도 역사도 배운 것 없으나
맑은 눈썹처럼 빛나는
나는
조선낫

배고픈 날

책을 읽다가 배고픈 날은
방문 열고 나가
나라가 보이는 봄볕 아래
맑고 슬픈 친구들 불러 모아
무더기로 민들레꽃이 되어 서볼거나
신작로 가에도 구린 쇠똥더미 둘레에
다닥다닥 붙어 피어나볼거나
땅 밑에 찬물 흐르는 소리로
온몸을 채우는 꽃 되어
먼저 가신 이들 크나큰 발자국 따라
서로서로 어깨 대고 걸어갈거나
천리길이 너무 멀어
행여 우리가 이 봄에 다 못 간다면
퍼질러 앉아 무성하게 새끼들이라도 낳아
바람아 민들레 꽃씨로
후후 날려 보낼거나

첫 사 랑

첫사랑은 싱싱한 피비린내가 묻은 몸으로
새벽에 올 것이다

추운 밤이 길어서 더욱 가난한 이에게
아무것도 줄 것이 없어 슬퍼하는 이에게

동틀 때 하늘이 몸을 풀 듯
첫사랑은 흐트러진 머리카락으로 올 것이다

왔다면 왔다는 말 한마디 없이
문득 한식구가 되어 밥을 먹을 것이다

첫사랑은 지금
혼자 우는 숨죽인 모든 소리 속에 있다

소 시 민

나는 딸아이를 안고
아내는 간조기며 대파며 오이가 든 장바구니를 들고
가는데
6월, 창인동 성당 앞에서는
어느덧 가투가 시작되고 있었다
골목 어귀마다 병정들은 흙비처럼 무장 쏟아져내리
고
잠든 건물들 군화소리에 놀라 벌떡벌떡 일어설 때
어린 딸은 자꾸 무섭다고
빨리 집에 가자고 내 가슴을 파고들었다
퇴근 전 임시직원회의 때
몸조심 당부하던 교장선생님 얼굴도 떠올랐다
나는 여차하면 몸을 피할 길 두리번거리며
죄지은 사람처럼 병정들을 힐끗 쳐다보기도 했는데
어깨와 어깨를 맞대고
먹바위 속이라도 출렁일 것 같은
도로 한복판의 해방춤을 바로 그때 보았던 것이다

그렇구나, 춤이란 혼자서는 출 수 없는 것이로구나
하늘로 오르고 싶은 싱싱한 몸짓 어쩌고
내 시인이랍시고 짐짓 생각해보았지만
진정 해방의 날이 있어
모두가 축배 드는 그날이 왔을 때
오늘의 역사의 구경꾼 나는 춤추며 만세를 부를 것
인가
한 그루 쓸쓸한 은행나무로 서 있을 것인가
어두워지면서 저녁 바람은 선선해지는데
내 얼굴은 숯불처럼 몰래 달아오르는 것이었다
그러다 가슴 치는 총소리가 나고
아내는 반찬거리를 땅에 떨어뜨리고 아인 울고
쥐구멍을 찾아 냅다 뛰는 사람의 사람의 뒤섞임 속
에서
나는 안경 쓴 눈물의 쥐가 되고 말았다

군산행 1

군산으로 가는 길 눈이 내린다
눈 내리는 바닷가에서 소주나 한잔 어떠냐고
그거 좋겠다 했더니 어느새
이것 봐 머리에 엉겨붙고 가슴으로 달겨드는
이 깨끗한 동무들
눈발이 먼저 쓰디쓴 소주를 먹고 온다
다 알고 있다는 듯 이제는 더 참을 수 없다는 듯
녹슨 적산가옥 양철 지붕 위에
지워버리려고, 아메리카 군인의 검은 목덜미에
뿌득뿌득 이를 갈며
떼지어 눈발은 뛰어내린다
오늘밤이야말로 식민지의 바다를 뒤집어엎어버리겠
다고
어두워질수록 분노는 하얗게 빛을 퉁기는데
그러나 취하면 안돼, 맑은 허벅지로
진남포에서 뜬 배가 뱃고동 소리 새끼쳐 보내며
이 바다에 찬란하게 들어올 때까지는

서해 연안에 깜빡이는 먼 불빛을
눈발로 꼿꼿이 서서 바라볼 줄 알아야 한다고
그래 우리가 스스로 불빛이 되어
여기 눈물겹게 살아 반짝이고 있음을 전해야 한다고
도선장으로 가는 길 선술집에서
피조개 한점 고추장 찍어 먹고 나면
바깥을 겹겹이 둘러싸고 퍼붓는 눈발이
바로 우리 편이다 우리를 지켜주는 노여운 사랑이다
젖가슴까지 올려치는 강대국 전투기
그 비행사들 시커먼 폭격 속에 까무러치고 싶어한다
는
썩을 년, 미국 가고 싶은 내 누이여
저 폭설의 바다를 보아라
드디어 통일된 우리 조국 아니야

군산행 2

벚꽃이 진다니
바람도 사무치며 떠는 날
이내 빗방울 뚝뚝 마른 가슴 치고 가는 4월
번영로라 전군가도 연분홍 벚나무들
비 젖어 허둥대는 꼴 좀 보러 가야겠다
지난 일요일엔 군산 횟집에 앉을 자리도 없더라며
전국에서 가장 긴 벚꽃 터널이 가까이 있다고
군산항 깊숙이 일장기 선박을 대고
우리가 잠든 사이 줄지어 당당히 다시 돌아온 그들
이열종대 그들의 군대 행진 보러 가라고
오늘은 아쉬운 듯 벚꽃 다 지겠다니
날씨 때문이 아니다 제국주의 물러갈 때
40년 전 챙기지 못해 남긴 게다짝
게다짝 같은 꽃 벚꽃 구경 가야겠다
내 한때 바다로 가는 새색시들 어쩌고
저쩌고 애비 없는 후레자식 글 다 찢어버리고
그 옛날 수탈의 길 그들을 위하여

그들 자신이 반듯이 터놓은 길
벚꽃이 진다니
붐비지 않는 비 쏟아지는 오후를 잡아
아가 이게 진정 아름다움이란다 어린 딸을 데리고
이 땅에 발 내린 오욕의 뿌리까지 뽑히도록
우리나라 더 큰 바람과 뜻 있는 빗줄기 더불어
가야겠다 눈뜨고는 못 볼 처참한 기쁨으로
벚꽃이 진다니 군산으로 가야겠다
이 길이 뱃길로 하나로 이어져
어느 항구에 닿아야 할 길인데
이 4월이 도대체 어떤 4월인데

평탄 작업

늙은 상사 화났다
놀고 밥 먹는 꼴들 보면 눈알 뒤집힌다고
비 그친 뒤 미루나무 같은 그의 푸른 나라 사랑
두 눈 바로 뜨고는 쳐다볼 수 없다
우리는 삽이다, 괭이다
목이 가는 방위병이다
평탄 작업 떼지어 동원되면
우리가 무엇을 평탄하게 할 수 있나
경제며 정치며 계급이 언제 그런 적 있었나
어영부영하는 놈들은 죽여버린다고 하는
어린 조교는 담배 연기를 하늘로 힘껏 올리는데
연병장에 내려온 빗방울들은
벌써 저희 나름대로 모여 마음을 합해
힘을 만들고 고랑을 이루어
끈기없는 흙을 데리고
더 깊고 낮은 곳으로 숨어버렸다
기실은 큰 강줄기를 찾아 떠나갔을 것이었다

여기서 나는 역사의 흐름을 보았다, 하면
누가 과장이라고 은유라고 할 수 있겠나
그러나 상사와 조교들은 꺼림칙한 상처라고
어서 평평해진 땅을 보고 싶어하는 모양이다
보이지 않는 곳에서 흙을 실어와 팬 곳을 메우는
이 작업은 불과 몇 시간 전에 하던 일,
세상이 울퉁불퉁하다고
불평불만하는 놈들, 모두 다 빨갱이야
비 오면 정신교육
비 그치면 평탄 작업
쉿내나는 콧속, 힘겨운 팔은
애국인가 신성한 노동인가
평등사회로 가는 한몸 바침인가
저 언덕 위의 검은 관사엔 누가 살고
훈련소 마룻바닥에서는
곤히 누가 잠드는가

그대 4월이여

4·19혁명 28주년 기념시

4·19 이듬해 나는 세상에 태어났다
한글을 익히자마자 국민교육헌장을 외던,
10월유신 노래 부르며 발맞추어 소풍 가던,
불운한 세대, 나는

그대가 먼 옛날의 전설인 줄 알았었다
광장의 젊은 함성도,
자유의 이름으로 나부끼던 깃발도,
총알이 후벼판 두개골도,
『사상계』 화보 속의 낭자한 핏자국도,
한 권의 낡은 역사책이거나
그냥 쓸쓸한 기념탑인 줄 알았었다

4월이여
첫사랑 민주주의여

나는 보았다

그대가 저 광주 5월을 키워내는 것을,
그대가 군화발을 딛고 일어서는 것을,
그대가 도청을 향해 전진하는 것을,
그대가 시대의 가장 어두운 골짜기에서 빛나는 것
을,
그리하여
그대가 마침내 6월도 쟁취하는 것을

역사 아닌 4월이여
우리들 핏줄 속에 흐르는 현실이여

진정 4월이면 하나하나 돌아올 것이다
서럽게 죽은 귀신은 사람으로,
창녀는 숫처녀로,
양심수는 가족 곁으로,
멍든 상처는 새 살로,
돌아와 해방의 물결로 출렁일 것이다

타오르는 진달래 꽃불이여
혁명의 튼튼한 누이여
깜깜한 밤 통일의 신호탄이여
그대 4월이여

폭풍우를 기다리며

밤새 비바람이 마을 지붕들을 물어뜯었습니다 우리 세 식구는 이불 속으로 피난 가서 울었습니다 이불 속은 강물 위에 친 천막 같았습니다 지긋지긋한 밤 우리가 거친 바람소리에 귀기울였기 때문에 아침은 찾아왔습니다 큰 우표처럼 하늘이 유리창에 붙어 있었습니다 잠깬 아이는 눈썹이 맑았고 아내는 비가 고인 경제를 흰 걸레로 닦아냅니다 나는 연장통을 뒤적거립니다 단단히 벽에 걸어야 할 것들이 많아서입니다 산다는 것은 더 사나운 폭풍우를 기다리는 일입니다 견뎌내고 나면 이 세상이 한결 아름다워질 것을 믿는 까닭입니다

평교사를 위한 시

전북교사협의회 창립대회에 부쳐

평교사여

그대의 외로운 이름을 부른다

갈채도 함성도 없는 교실에서,

공문서철이 가득 쌓인 담배 연기 교무실에서,

보충수업 심야자율학습 형광등 불빛 밑에서,

비틀거리는 자전거 어두운 퇴근길에서,

울분이 가슴을 적시는 선술집에서,

평교사여

그대의 성스러운 이름을 부른다

아이들 맑은 눈망울 속에 담긴 그대,

가난을 두려워하지도 부끄러워하지도 않는 그대,

옛 제자의 편지를 받으면 마음이 떨리는 그대,

오직 평생의 길 홀로 꿋꿋이 걸어가는 그대,

착하기만 한 그대,

평교사여

이 땅에서 제일 외로우나
제일 성스러운 이름 위에
지금은 당당히 불을 밝힐 때,
참 등대가 되어
아이들의 뱃길 밝혀줄 때,
새벽은 기다리면 오는 것이 아니라
함께 싸워 그 상처 아물기 전에
기어코 당도하리니

싸움 끝에 새 날이 와서
누가 이 세상을 온몸으로 이끌어가는 사람을 묻는다
면
그이는 바로 다름아닌
평교사라 대답하리
분명코 대답하리

벗이여, 북소리여

최덕수 열사 정읍 노젯날

벗이여

그대 이렇게 빨리 돌아왔구나

먼 서울길 떠날 때

큰사람 되어 오리라 다짐하더니

해맑은 얼굴 햇볕 속으로 가더니

꿈에도 저 내장산 늠름한 능선 못 잊어 하더니

벗이여

그대 이렇게 누운 채

고향땅 정읍에 돌아왔구나 돌아왔구나

이 넓은 운동장에서 공을 차던 최덕수

저 푸른 나뭇잎이던 최덕수

벗이여 동지여 민주열사여

우리는 어떻게 그대 이름을 불러주어야 하나

광주학살 진상 규명하라,

5월 청청한 하늘에 새겨놓고

광주는 아직도 계속되고 있다,
한반도 골짜기마다 울려퍼지게 하고
스스로 그대 청춘 위에 신나를 뿌렸다
그대는 압제의 벽을 난타하는 북소리로
붉은 불기둥으로
우뚝 솟았다
뜨거운 불꽃송이로 8일 동안
병원 침대에서 아버지 어머니 앞에서
숨 놓지 않고 끝까지
온몸으로 버텨낸 뜻이 무엇이었던가
권력의 핵심에 앉아 있는 학살자들 끌어내려야
그래야만 눈 감겠다는 뜻 아니었는가
민주세상 통일세상 그 실끝이라도 보고
홀연히 가겠다는 뜻 아니었는가

그 누가 덕수가 죽어서 돌아왔다고
함부로 입놀리는가

최덕수 최덕수

한낱 죽음으로 패배로 여기까지 온 것 아니다

그대야말로 싱싱한 부활의 꽃잎으로

그대야말로 당찬 승리의 깃발로

오욕의 역사 불사르고

산 자의 부끄러움까지 훌쩍 벗어던지고

영원히 살기 위하여 귀향하였구나

저 내장산이 큰 소리로

무등산을 부르는구나

광주여, 이 고장의 아들 최덕수가 간다

꽃다운 스무살의 열사가 간다

동학의 자랑스런 후예가 간다

그러면 무등산이 크낙한 손짓으로

벗이여, 동지여

가슴 활짝 열고 그대를 맞이하리니

망월동 성지에 어깨 끼고 앉아

밝아오는 역사를 응원하자
형형한 눈빛으로
민족해방의 가열찬 싸움을 독전하자
열사여
모든 고통 훌훌 털고 오시라
부디 편히 오시라

최덕수 열사여
진정 그대는 죽지 않았구나
시퍼렇게 두 눈 뜨고 살아 있구나
민주와 통일의 그날까지 그날까지
우리들 곁에 밀려와 출렁일 강물이여
한라에서 백두까지 울려퍼지는
크나큰 북소리여

이리역 굴다리

하늘에 팽팽히 걸린 거대한 다리가 아니라
이리역 지하도는 굴다리, 땅속을 흐른다
이곳을 통과하려면 딱정벌레같이 어깨를 접어야 하
리
누군가 보면 물이 되어 스며드는 것처럼,
빈부격차가 없는 흐린 불빛 속으로 가면
지아비가 끌고 지어미가 미는 과일 손수레도
밝은 세상 가자고 부지런히 삐그덕거린다
징징거리며 앞지르는 오토바이, 막노동꾼과 공무원
도
단발머리 여학생 몇몇과 노인도 모두 섞이어
간다, 이렇게들 수십년 지나갔으므로
역사는 기록될 수 있었다 그러나
어제만 해도 얼마나 많은 눈뜬 시체들이
우리 머리 위 호남선을 오르내렸는지 모른다
핏물처럼 뚝뚝 떨어지는 찬 물방울,
전쟁과 학살의 시간이 썩지 않았다고 하면

저들 중 누가 믿고 옳다고 할 것인가
여기서는 새로 산 시집도 선진조국도 대망의 2000년
대도
개좆이다, 캄캄히 저 벽에 써두고 가야 한다
이리의 동쪽과 서쪽을 흐르는 굴다리
연결이 아니다 단지 정당한 흐름일 뿐
혹, 저 지하도 끝에 서해가 밀려와 출렁이고 있다
면,
상상은 아름답지만 현실은 겨울 저녁 여섯시
우리가 살아나온 80년대까지 역사는
춥고 어두운 공터로 엎드려 있다
그 옆에서 붕어빵을 굽는 얼굴 붉은 할아버지,
오백원어치 방금 태어난 싱싱한 붕어들을 안고
내 가슴 왜 이렇게 쏟아지는 벅찬 눈발입니까

도현과 같이 사는 세상

고　　형　　렬

　어머니는 아버지가 그때 정나진으로 남발이를 갔다고 했다. 수복지구 바닷가에 무슨 일들이 일어나는지 나는 몰랐다. 윗동네 재봉이 아저씨의 손을 잡고 입학하던 61년도가 되는 해였다.

　소백산맥 줄기가 높고 낙동강 지류가 일어나는 예천은 후진 안쪽의 내륙이다. 한 시인의 날이 거기서 새었고 나는 그를 그는 나를 서로가 알지 못했다. 그러한 사실이 나에게는 딱 부러지게 말할 수 없을 만큼 퍽이 소중하다.

　때때로 나는 커서 친하게 된 사람들의 어린시절을 생각하고는 한다. 어느 술자리에선가 신경림 선생께 이런 말을 드렸다. "선생님이 『문학예술』지로 문단에 나오신 게 56년도였지요. 그때 저는 두 살이었습니다." 술을 받으시며 선생은 "그래?" 하며 나의 얼굴을 바라보다 말고 웃었다. 이런 말을 늘어놓음은 속초의 한 아이와 예천의 한 아이의 만남을 생각해서다.

　시내에서 만나 술을 하고 수색 집으로 같이 돌아가면 은이 엄마는 안도현 시인을 삼촌 왔다고 애를 불러냈다. 늘 우리 둘을 세워놓고 그랬는데 그녀는 나란히 양말을 벗고 발을 씻는 우리에게 어떤 때는 안도현씨 다른 때는 삼촌은 하면서 언제나 소년 같다고 하였다. 그녀도 그렇게 기억할 것이지만 나는 그의 얼굴에서 어둠을 본 기억이 없다. 이미 10대 후반에 저문 낙동강에 나가서 흰옷 입은 할아버지의 뒷모습을 보았던 도현에 대한 나와 아내의 그러한 피상적인 인상 기억은 그러나 잘못된 것임이 틀림없다. 다시 한번 그의 첫시집 『서울로 가는 全琫準』을 읽고 이번 시집을 만들면서 나는 그러한 잘못을 확인했다. 늘 소년처럼 보여 부러움을 느끼게 되는 그의 건강한 얼굴이 요즘은 어떤지 모른다. 그도 내일이면 서른이 된다.

하지만 나는 너를 만나 네 속에 있는 슬픔의 말을 집어 내지 않겠다. 그러한 슬픔 따위는 우리가 시로나 쓸 수 있었던 진실이었다. 우리가 만나게 되리라는 어린 시절의 예정은 가령 만날 수 없는 수많은 사람을 생각하면 쉬이 드러낼 수 없는 인연일 것이다. 그런 예정도 인연도 우리는 술이 취해서도 얘기한 적이 없었다.

어린시절은 특히 장남인 경우는 아버지에 대한 기억이 색다르게 작용한다. 지난 4월 중순 이리에서 군산으로 가는 버스 안에서 나는 도현에게 「성묘」란 시가 좋다 말했다. 고인에 대한 존경심이 없이 살아 있는 사람들에 대한 휴매니티는 성립되기 어렵다는 한 서양 사상가의 말을 들먹일 필요가 없다. 거기에 소년 도현과 아버지와 할아버지가 나오는데 도현은 아버지가 되었고 그 사람 뒤에 유경이가 따라간다. 대추나무 끝에 햇볕이 좋은 날은 억새꽃이 삼천리로 피었고 슬픔처럼 방아깨비가 툭툭 튀어오른다. 저 세상에 가신 아버지 뒤에 걸을 때에 듣던 벅찬 숨소리는 이제 자신의 뒤에 따라오는 유경이의 가슴 속에 가 있음을 아버지는 알고 있지 않은가. 나는 심장이 마음이 어떻게 조부에서 나에게로 나에게서 자식에게로 전해지는가 하는 것을 생각하지 않을 수가 없다.

흙속에서 흙이 된 아버지를 딸애 데리고 찾아가는 가을길은 오장환의 '님이 두고 가신 주검의 자는 무덤'의 길로 풀버렛소리 가득 차 있는 이용악 아버지의 '침상 없는 최후의 밤'으로 보이지 않는다. 이무을만의 파선도 니코리스크의 밤도 잊은 죽음이 아니고 여기에서는 도현과 유경으로 있으며 가슴이 뛰는 흙과 산소로 저 중턱에 있다. 고인은 유경이를 알고 있다, 도현은 할아버지로 걷고 있다. 내가 작은 시냇물을 데리고 놀면서 바다로 가는 강물인 것만큼 이 시에는 즐거움과 기쁨이 받쳐주고 있다.

개항 90년을 맞은 군산은 오후 2시에 도선장에 다다르자 물이 경련하듯이 밀려들고 있었다. 건너편 장항제련소가 하얀 실연기를 걸어놓았다. 공주와 부여 고을을 지나 웅포를 거쳐 옥포로 해서 서해로 터지는 금강하구는 가히 거칠음으로 다가오지만 서로 알싸안는 더러운 물을 도현은 바라만 보고 있었다. 동해보다 훨씬 살벌한 바다 같다. 애비와 고향을 알 수 없는 우어와 도다리를 회쳐먹고 임진강과 같은 하구 건너편 충남 땅덩이를 바라본다. 반역이 사랑이 되고 힘이 되는 것을 한꺼번에 보여주어라.

이쪽도 저쪽도 없이 하나로 부둥켜안는 금강하구는 그러나 제국주의자들의 침탈 거점이었고 곡창지대의 전봉준 형제들의 미곡을 빼돌리는 뒷구멍이었다. 고무함지를 이고 기차계단을 오르는 아낙들과 젖은 손을 번들거리며 마른

빵을 나누어먹는 거치른 어머니들이 바로 이곳에 살아가고
있다.

직행 1시간 거리의 전군가도에는 벚나무가 도열해 있다.
도현은 이길이 일제의 수탈의 길이라고 한다.

"그 옛날 수탈의 길 그들을 위해서 그들 자신이 반듯이
터놓은 길이 이 길이죠."

전국에서 가장 긴 벚꽃길을 걸었고 그 꽃을 보면서 그는
봄마다 들어오는 일장기를 본다. 일본 야마구찌 사람들이
백제를 자신들의 조상이 온 곳이라고 믿는 것과 관련해서
부여에 일본 학생들이 봄여행을 많이 온다는 것을 안다.
그런데 그 입구가 이곳이며 도현이 그 벚꽃을 봄마다 돌아
오는 망령으로 바라본다. 그 「군산행」에서는 그런데 그 벚
꽃 개화와 낙화에 대비되는 살아 있는 아픔이, 우리를 지
켜주는 노여운 사랑이 있다. 그 눈은 우리보다 먼저 쓰디
쓴 소주를 먹고 오는 시인 안도현의 동무들이다. 식민지의
바다를 뒤집어엎어버리려는 반역의 힘이지만 그는 '취해서
는 안된다' 한다. 왜냐하면

　진남포에서 뜬 배가 뱃고동 소리 새끼쳐 보내며
　이 바다에 찬란하게 들어올 때까지는
　서해 연안에 깜박이는 먼 불빛을
　눈발로 꼿꼿이 서서 바라

보아야 하기 때문이다. 그래서 우리가 스스로 불빛이 되어
여기에서 눈물겹게 반짝이고 있음을 전해야 한다. 하루 두
번씩 들어오는 밀물 바닷물과 마을이며 논을 거쳐 오는 금
강물이 뒤엉키는 이곳은 두 몸이 하나가 되어 사랑이 낳는

또다른 통일의 광장일 것이다.

이제 그의 시 중에서 모순을 수용하면서 당당한 희망을 우리에게 고백하는 「청진 여자」에 대해 불만(?)을 말하고 바쁜 길을 재촉하자. 도현이가 비웃도록 만든 나의 질문은 그 대목에 대한 이런 내용이었다. 꿈의 벌레 같은 눈송이들이 이부자리를 따뜻하게 적시는 밤에 '아내를 남쪽에 두고' 나는 죄짓는 마음도 모르고 청진 여자와 갈탄 난로가 뜨거운 집에서 하룻잠 자고 싶다는 것이다. 우리 시에 북한 여인들을 사모하는 시들이 많고 그것들이 민족이나 국토를 끄집어들여 감동을 떨어뜨리는 경우도 허다하다. (물론 분단되어 있으므로 북한 여인들이 사모의 대상이 되는 것이지만) 사실 사랑이란 말은 통일이라는 말보다 크고 넓은 개념인데 작은 구멍에다 큰 구멍을 집어넣는 꼴들은 별로 보기가 안 좋다. 그런데 사랑의 몸짓이나 분위기 묘사가 뛰어나지만 아내가 있는 사람이 이북 여자와 이렇게 간절하고 아름답게 자고 싶다는 것은 무엇일까 하고 생각하게 된다. 그것은 도덕적으로 말해서 부부의 순결을 생각할 때 허위적 의미의 도덕이 아닌 진실을 사랑을 말할 때 외도요 외도에 대한 자기합리화다. 시인이 아닌 사람은 이런 생각을 별반 않을 것이라는 점과 아내의 입장에서(물론 이 시에서 한반도 등의 주제어들 때문에 시가 단순하고 외도의 꿈은 얼마든지 변명되고 말 터이지만) 그런 사모가 어떻게 받아들여질까 하는 점이 문제가 될 것 같다.

아브라함이 자기 아들 이삭을 여호와의 제물로 바치려는 것이 도덕의 자로는 용서되고 이해될 수 없다(키에르케고르). 한 지도자의 초법적 통치행위나 전쟁선포 그리고 분단이나 이산이 부당하기 이를 데가 없는 반도덕적인 비리

고 모순인데 파도치는 바다(청진 여자)에 한 마리 정어리
로 헤엄치고 싶은 꿈은 우리 세대들이 치른 뒤에 잊고 말
홍역 같은 것일까.

늙은 것들의 그것이 어떤 사상(事象)이든간에 강권화는
얼굴의 부끄러움이나 인간의 심층의식이나 마음의 세계를
걸어잠근 무쇠탈이기 십상이다. 그러나 나는 아내를 남에
두고 북의 여인을 사모하는 농도에 대해 고려하고 있음을
안다. 그러면서도 나의 다른 한쪽 마음은 외도를 해서라도
아침해 같은 아이를 낳도록 해주고 싶고 넘치는 젖을 아이
에게 물릴 여자를 알고 싶다. 그래서 여자와 국토를 연관
시켜 생각하고 싶지가 않아진다. 더구나 짝사랑은 아무 실
속이 없다는 생각을 하게 된다.

군산으로 떠나기 전 나는 5층 베란다 창을 열고 갑자기
조용해진 서울을 생각했다. 술이 깨는 아침은 속이 아팠고
도현은 엎어져 얼굴을 그늘진 방안으로 돌리고 있었다. 미
군 없는 청진항이나 아메리카 군인의 목덜미에 뿌득뿌득
이를 갈면서 뛰어내리는 눈발의 구절들을 떠올렸다. 그때
이리 상공에서 도깨비가 왔다. 그 유령은 시커먼 쇠두꺼비
같기도 했는데 낮게 떠서 이리 시내를 뒤흔들며 어디론가
사라졌다. 오후 군산에 가서 그 소리를 또 들었다.

나는 그것이 군산 부근 어디에서 날아왔다고는 상상되지
않았다. 괴성을 질러대며 빠른 속도의 그것은 먼 제국의
대륙에서 날아오는 것 같았다. 사직공원 벤치에서 하루낮
을 보내다가 압록강 철교 같은 소리를 들으면서 동시에 신
동엽이 당하는 이런 「3월」의 감정에 가닿는다.

바다를 넘어
오만은 점점 거칠어만 오는데
그 밑구멍에서 쏟아지는
찌꺼기로 코리아는 더러워만 가는데.

　그러한 감정은 정치적인 감정일 것이다. 『손자(孫子)』
'시계편(始計篇)'에는 군주는 어느 쪽이 도의가 있는가, 법
령은 어느 쪽이 잘 시행되는가 하는 등등의 '피아방(彼我
方)'도 우리 세대 시인들의 작품 속에서 희망과 위안의 방
편으로 나타나고 있으며 도현의 경우에도 예외가 아닌 것
같다. 이와 관련시키면 「소시민」은 한 시민의 희망과 위안
의 노래가 여지없이 깨어지고 마는 꼴불견의 작은 도시 이
리의 일상을 보여준다. 그 일상은 팬텀기가 이리 상공을
가로질러서 산쪽으로 날아가는 일상과 똑같다. 그는 쥐구
멍을 찾아 냅다 뛰는 사람들의 뒤섞임 속에서 안경 쓴 눈
물의 쥐(꼴이)가 되고 말았다. 총소리가 나고 아내는 반찬
거리를 땅에 떨어뜨리고 유경이는 울고 이리는 와당탕 난
장판이 되고 말았다.
　도깨비가 날아다니고 총소리가 들리는 것은 서울만도 이
리만도 아니고 전국 어디서도 어렵지 않게 만나는 예사가
되었다. 그래 88년 봄에 나는 진실을 잃지 않으려고 '똥개'
가 되고 싶었을 것이다.
　그러나 금강 하구처럼 뒤엉키고 '기차 소리'처럼 자꾸자
꾸 뒤로 가서 다다르는 곳은 바로 우리가 살아가는 세상이
다. 그리고 사람들은 우리의 발걸음이 꼭이 역사발전의 퇴
보이지만은 않다고 말한다. 거기서 연탄 냄새 나는 최저생
계비를 발견하고 우리들의 주방과 침실로 흐르는 하수도

물소리를 듣는다. 다른 길은 있지 않는 것 같다. 그러나 우리들은 원시력을 지닌 망원경과 근시력을 지닌 현미경이고자 하며 그 두 렌즈 속에 움직이는 전체 움직임과 세세한 균들의 움직임이 같은 것임을 알고 싶어한다. 청진에서 교실 사이를 오가고 있는 그의 시적인 왕복 운동은 서로 보완되고 버팅겨주므로서 우리 같이 살아가는 이 시대를 이기게 하는 자양과 힘이 된다.

그는 다음 구절 같은 간절한 소망을 지니고 있다.

여기서 한 백년쯤 잠들었다 일어나면
맑고 뜨거운 사랑을 노래하는 시인으로 태어날 것 같
았다
——「白石 선생의 마을에 가서」 부분

이제 여름방학이 와서 그가 이리에서 전화로 가고 싶다던 속초 동해를 같이 갔으면 싶다. 강능을 지나 38선을 넘어서 태백산줄기를 따라 물속에 모래밭이 얼비치는 바닷가 길을 오르면 이녁에게는 낯선 고장일 터이다. 바람은 불고 구름 한점 없는 뜨거운 모랫불에 펄렁거리는 차일을 치고 연이틀쯤 피부를 태우고 싶다. 내가 세상을 즐거워하며 살아가겠다는 의지는 어떤 대상에 꼭 상대적으로만 존재하는 내가 아님을 뜻한다.

그러면서도 나는 호남선이 달리는 이리역 돌다리를 지나며 캄캄하게 저 벽에 '개좆이다'라고 써두고 가야 한다는 도현의 당당한 일갈의 배짱을 정견(正見)으로 받아들인다. 방금 태어난 싱싱한 붕어(빵)들을 안고 내 가슴이 왜 이렇게 쏟아지는 벅찬 눈발인지는 불을 보듯 알 일이다. 그것

은 이 세상에 대한 뜨거운 사랑일 것이고 그 사랑에 부끄
럽지 않고 부족하지 않고자 하는 시인의 언어로 하는 몸부
림의 실천과 인식일 것이다. 그 다음에 그는 그 사랑이 노
래가 된다는 것을 알고 있다. 내 쓸쓸함과 머뭇거림 앞에
서 그대(만경강 노을)는 허리띠를 푸는데 서른이 보이는
강둑에서 깊어질 것을 다림하며 나는 피멍진 사랑과 여인
을 부르고 있다. 그것은 아직도 상처를 드러내고 있는 4월
민주의 첫사랑이었다.

첫사랑은 싱싱한 피비린내가 묻은 몸으로
새벽에 올 것이다

<중략>

왔다면 왔다는 말 한마디 없이
문득 한식구가 되어 밥을 먹을 것이다
──「첫사랑」 부분

도현과 같이 살아가는 이 세상. 그의 '모닥불'은 「벽시5」
에서 시인이 불을 향해 둘러앉은 사람들을 바라보는 데에
서 따뜻해지는 가슴을 느끼게 한다. 시인은 그들의 새벽
등 뒤에 서 있고 비록 등짝이 외롭고 캄캄해도 그 가슴이
화끈거리는 사람들은 불가에 모여 있다. 그 불은 「성묘」
가던 그때의 두근거림의 '벅찬 숨소리'와 다를 것이 없을
것이다.
이제 평계로서 제한된 발문을 마치자. 교육 백년대계를
그르친 허구적인 미사어귀로 포승한 「평교사」와 등교한 60

가구의 꿈들을 보는 교실 「그곳」과 이리시의 사회구성과
성격을 보여주면서 김경회 수학선생을 떠나보내는 「이리중
학교」를 다 말하지 못하였다. 또 해가 뒤뚱 기운 여름날
낡은 슬레트 지붕 밑에서 한 통의 「수박」을 먹는 행복도
얘기 못했고 솔을 받아 피우는 외할머니가 손자더러 우리
안서방 일찍도 북망산 가서 남겨둔 처자식 보고 싶어 저리
소짝새 우는 「여름 방학」도 이야기 못하고 말았다.

後　　記

　　첫시집 『서울로 가는 全琫準』 이후 시편들을 없는집 울타리 엮듯 한데 묶었다. 되살펴보니, 군데군데 흠집투성이다. 어디 숨을 곳도 없다. 사소한 것들로부터 떠나지 못한 죄가 무엇보다 크다.

　　구체적인 삶의 감동을 시적 감동으로 이끌어내는 것! 이 땅에서 숨쉬고 밥먹으며 시 쓰는 자로서 어찌 그 꿈의 고삐를 늦출 수 있겠는가? 가는 데까지 가보는 거다.

　　창비에 감사드린다.

1989년 봄

안　도　현

창비시선 74

모닥불

초판 1쇄 발행 / 1989년 5월 5일
초판 18쇄 발행 / 2022년 6월 30일

지은이 / 안도현
펴낸이 / 강일우
펴낸곳 / (주)창비
등록 / 1986년 8월 5일 제85호
주소 / 10881 경기도 파주시 회동길 184
전화 / 031-955-3333
팩시밀리 / 영업 031-955-3399 편집 031-955-3400
홈페이지 / www.changbi.com
전자우편 / lit@changbi.com

ⓒ 안도현 1989
ISBN 978-89-364-2074-1 03810